Todo tipo de amigos

Mis amigos son ciegos

por Kirsten Chang

Bullfrog en español

Ideas para padres y maestros

Bullfrog Books permite a los niños practicar la lectura de texto informativos desde el nivel principiante. Las repeticiones, palabras conocidas y descripciones en las imágenes ayudan a los lectores principiantes.

Antes de leer

- Hablen acerca de las fotografías. ¿Qué representan para ellos?
- Consulten juntos el glosario de fotografías. Lean las palabras y hablen de ellas.

Durante la lectura

- Hojeen el libro y observen las fotografías. Deje que el niño haga preguntas. Muestre las descripciones en las imágenes.
- Léale el libro al niño o deje que él o ella lo lea independientemente.

Después de leer

- Anime al niño para que piense más. Pregúntele: ¿Conoces a alguien que sea ciego? ¿Qué puedes hacer para demostrarle tu amistad?

Bullfrog Books are published by Jump!
5357 Penn Avenue South
Minneapolis, MN 55419
www.jumplibrary.com

Library of Congress Cataloging-in-Publication Data is available at www.loc.gov or upon request from the publisher.

ISBN: 978-1-64527-003-4 (hardcover)
ISBN: 978-1-64527-004-1 (paperback)
ISBN: 978-1-64527-005-8 (ebook)

Editor: Susanne Bushman
Designer: Molly Ballanger
Translator: Annette Granat

Photo Credits: Tad Saddoris, cover, 1 (left); aekkom/Shutterstock, 1 (right); andresr/iStock, 3; IvanJekic/iStock, 4, 5, 6–7, 23tr; apixel/iStock, 8, 9, 23br; NurPhoto/Getty, 10–11, 23tl; LuisPortugal/iStock, 12, 22tr; Fuss Sergey/Shutterstock, 12–13; stockfour/Shutterstock, 14–15; warapatrs/Shutterstock, 15; FatCamera/iStock, 16–17; TexPhoto/iStock, 18; ABK/BSIP/Age Fotostock, 19, 23bl; Chatchai Somwat/Dreamstime, 20–21; Julian Rovagnati/Shutterstock, 22tl; Konstantin Shaleev/Shutterstock, 22bl; IrynaL/Shutterstock, 22br; tirc83/iStock, 24.

Printed in the United States of America at Corporate Graphics in North Mankato, Minnesota.

Tabla de contenido

Buenos amigos

Lila es mi amiga.

Los lentes le ayudan a ver.

Jugamos.
¡Nos divertimos!

Lila es ciega.

Pero ella puede ver un poquito.

Champ es su perro guía.

Él le ayuda a moverse de un lugar a otro.

No acariciamos a Champ.
¡Él está trabajando!

Diana es ciega.

Ella no puede ver nada.

¡Le encanta ser activa!

Todd me lee un libro.

Está en braille.

Las letras tienen pequeños relieves.

Él usa sus dedos.

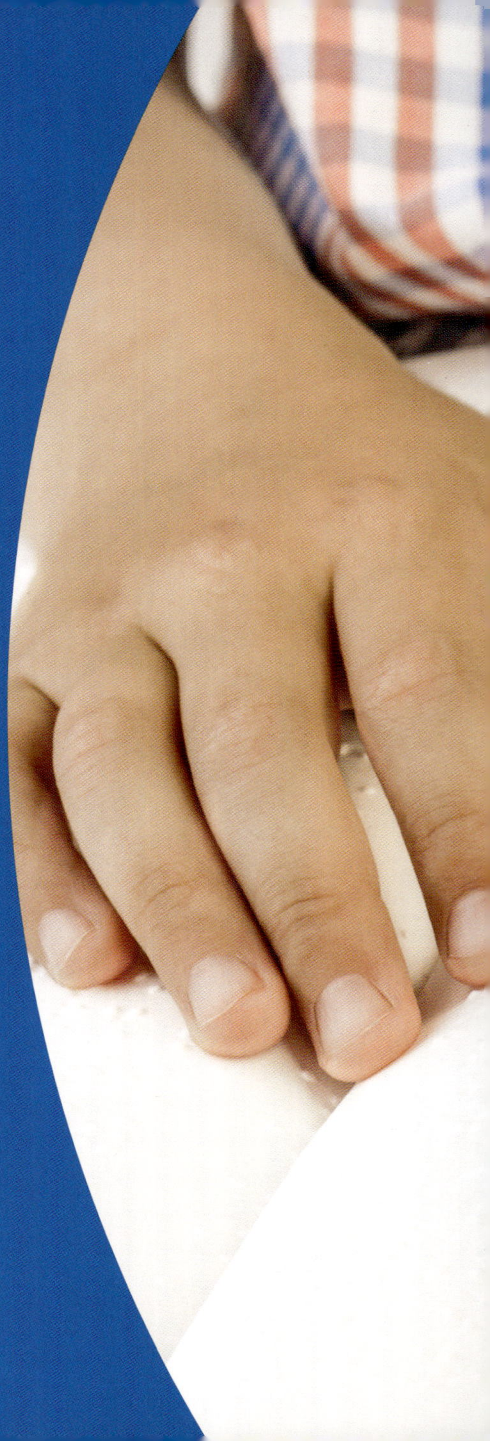

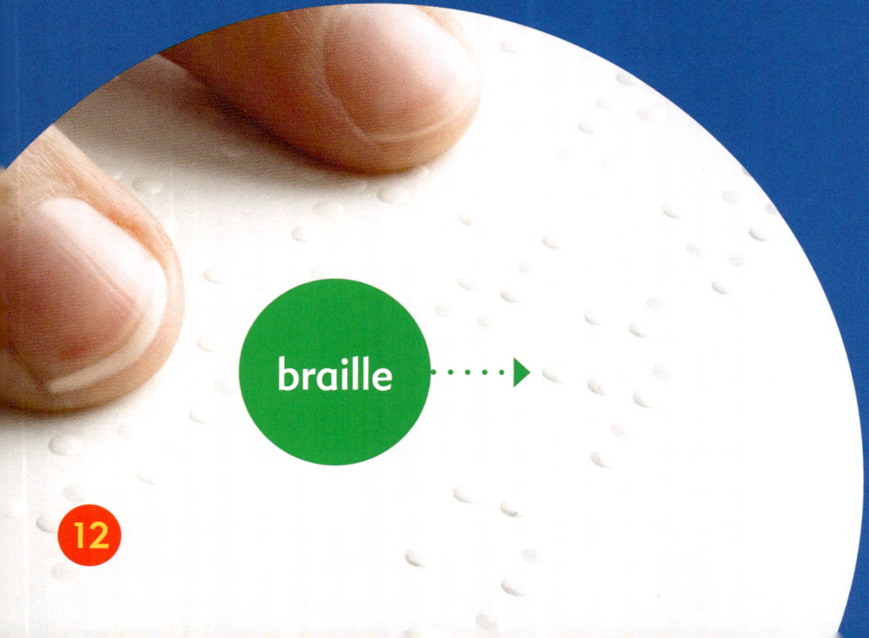

La Tierra tiene capas. El centro es la capa más caliente.

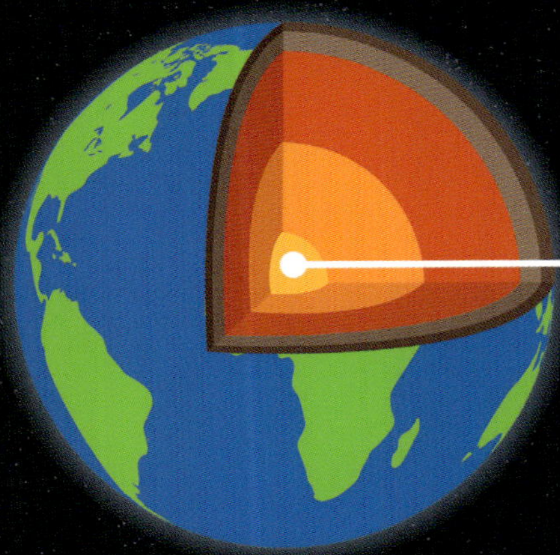

Él también tiene una tableta.

Él le pide que le lea.

Le ayuda a aprender.

Ser ciega no detiene a Nadia.

Ella ve con un ojo.

Va a la escuela.

Lee.

Natán se detiene en el paso de peatones.

Escucha.

Los pitidos le indican que es seguro cruzar.

Su bastón le ayuda.

Siente lo que hay a su alrededor.

E RUNNER
C 332
UIDE RUNNER
C 332

¡Mi amiga participa en las carreras!

¿Qué te gusta hacer con tu amiga?

Herramientas útiles

bastón
Los bastones le ayudan a la gente ciega a sentir lo que hay a su alrededor.

braille
El braille usa puntos en relieve en lugar de letras. Las personas ciegas los leen sintiendo los puntos.

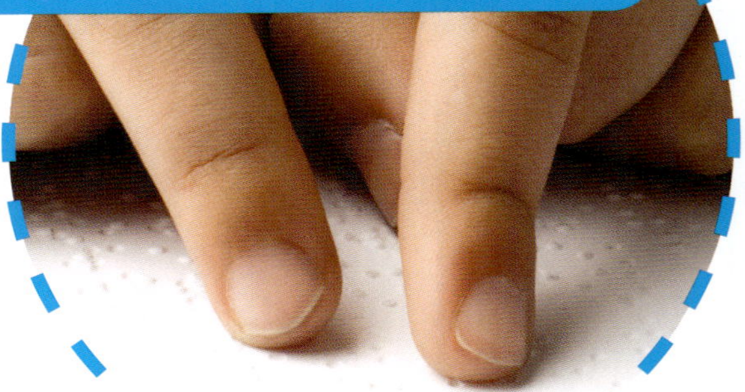

lentes
Los lentes son dos piezas de vidrio o plástico cortadas especialmente para un marco, que ayudan a la gente a ver con más claridad.

tableta
Las tabletas especiales leen texto en voz alta para que la gente ciega pueda usarlas.

Glosario de las fotografías

activa
Que participa en actividad física.

ciega
Sin poder ver nada
o poder ver muy poquito.

paso de peatones
Un lugar donde la gente
cruza la calle.

perro guía
Un perro entrenado para
guiar a una persona ciega.

Índice

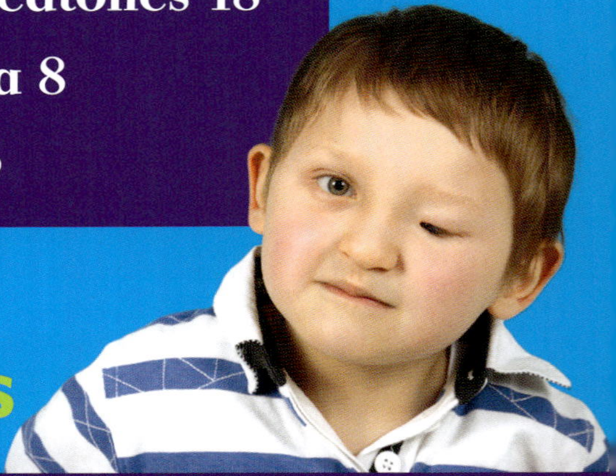

Para aprender más

Aprender más es tan fácil como 1, 2, 3.

1. Visite www.factsurfer.com
2. Escriba "misamigossonciegos" en la caja de búsqueda.
3. Haga clic en el botón "Surf" para obtener una lista de sitios web.